رواية

مالوري

Mallory

"A TOUTE À L'HEURE"

د. جُمان الريحاني

إهداء

إهداء إلى الحب والوفاء

إهداء إلى القلوب التي لا تتوقف مع الزمن

إهداء إلى الحب الصادق

إهداء إلى من يستطيع تحدي المستحيل، إلى من يستطيع الوقوف بشجاعة أمام الصعوبات.

إهداء إلى كل من أحب وآمن بالحب ونصره الحب

إهداء إلى القلوب الطاهرة النقية

جمان الريحاني

ناسيران

كان يا ما كان في قديم الزمان

ناسيران شابة صغيرة السن عمرها حوالي الثامنة عشر جميلة لها شهر أشقر ناعم قصير، وعيون صفراء وهي تتميز بقامة جميلة ولها تفاصيل رائعة فكأنها عارضة أزياء ولكن ليس العارضات النحيلات طويلات القامة كثيرا جدا بل عارضة من الزمن الجميل.

كانت كلما ترتدي ثيابا فإنها تناسبها، وكل الألوان تناسبها أيضا وذلك لأن بشرها كانت بيضاء صافية.

رغم أن الفتاة كانت ذكية جدا إلا أنها لم يكن لديها صبر لكي تكمل دراستها وتتوظف بعد ذلك لذا قررت أن تتوظف في هذه المرحلة واختارت عملا يخدم دراستها.

بحثت عن عمل في إدارة الأعمال وقد كان حلمها أن تدرس إدارة أعمال ولكن لم يكن هناك من يوظف شابة بلا أية خبرة، ولكن ناسيران لم تيأس وهذا ما جعلها تبحث وتبحث وتصر على النجار.

صادفتها الكثير من الوظائف ولكن إحداها لم تكن مناسبة لها ولم تر ناسيران أي مستقبلا لها وهذا ما جعلها تنتظر بصبر حتى تحظى بما يخدمها.

وفي يوم تمكنت ناسيران من إيجاد عمل وقد كانت
وظيفة البعض يراها غير مناسبة والبعض يراها
فرصة للبداية والانطلاق، أما بالنسبة لناسيران فقد
كانت تراها نقطة انطلاق ليس إلا.

وافقت ناسيران على تلك الوظيفة لكي لا تضيع المزيد
من الوقت في الانتظار، فربما لن تحصل على الوظيفة
المناسبة لها أبدا لأنها لا تحمل شهادة جامعية ولا خبرة
لديها أيضا.

كان عليها المجازفة من أجل الانطلاق، وقد وضعت في تفكيرها بأن هذه الوظيفة ما هي إلا نقطة البداية وليست وظيفة دائمة وسوف تغيرها بعد فترة من الزمن.

الوظيفة كانت موظفة استقبال في فندق معروف ومحترم، فندق جيد، راقي وليس من السهل الدخول إليه بل كان أشبه بأنه مخصص للشخصيات المهمة، والأجانب.

كانت ناسيران فتاة جميلة بشعر أشقر قصير وعيون خضراء تميل إلى اللون الأصفر ولها شفاه وردية وخدود ممتلئة وجسد ممشوق وقامة معتدلة الطول.

كانت ناسيران صاحبة لسان حلو وكلامها موزون ولها عقل رزين رغم صغر سنها.

إلا أنها لم تكن تتكلم بأي كلام، بل كانت تجيد الحوار، فهي فتاة منظمة، ذكية، ولبقة أثناء الحوار.

في العمل مع ناسيران شابان وسيمان ولكن ناسيران لم تكن تكون صداقات بل كانت علاقتها بمن في العمل فقط زمالة ولا تتعدى أمور العمل.

لقد اقتنعت ناسيران بعملها في ذلك الفندق بعد شهر كامل من العمل.

لم يكن في عملها مشاكل ولا ما يعكر مزاجها.

العثور على الحب

كانت ناسيران تتوجه إلى العمل صباح كل يوم من أيام الأسبوع الساعة الثامنة صباحا وتبقى في العمل إلى الساعة الواحدة بعد الزوال ثم تعود إلى البيت.

أحبت ناسيران مكان العمل وطريقة العمل وسير الأحداث هناك التي كانت لتصبح روتينا يوما بعد يوم ولا تتغير الأمور هناك إلا بتغير الزبائن الذين يرتادون ذلك الفندق.

وفي يوم من الأيام جاء إلى الفندق فريق من الأجانب، في البداية اعتقد ناسيران بأنهم سياح ولكن فيما بعد عرفت بأنهم فريق عمل تابع لشركة طيران في بلدها وقد كانوا في مهمة في تلك المنطقة بالذات.

كانت ناسيران فتاة لبيبة تفهم من اللغات الفرنسية والانجليزية ولكن فقط بنسبة منخفضة.

كانت تعرف فقط الأساسيات في اللغة.

كان الفريق الأجنبي برفقة مترجم وهو رجل كبير السن في الأربعينات من عمره بدين وقصير وأصلع قليلا في مقدمة الرأس.

مقبول الوجه ومقبول الشكل، ولكن له ابتسامة صفراء وكأنها ابتسامة شريرة.

معسول الكلام يحاول أن يظهر غير ما في داخله.

كان أفراد مجموعة الفريق يقفون بعيدا بينما هو الذي يقوم بتسجيل الإقامة وكل تلك الأمور بلغته العربية ويتعامل مع الموظفين فقط باللغة العربية.

أما المجموعة فقد كانوا يجلسون في بهو الاستقبال،
وينتظرون منه أن يكمل الإجراءات.

لقد كانت تلك المنطقة متحفظة بعض الشيء لكن
الرجل المترجم قد أعجب بوجود فتاة تعمل في
الاستقبال (ناسيران) كما انه قد أعجب بجمالها وشكلها
فعلى ما يبدو كان زير نساء ولكنه ولأنه يعلم بأن
المنطقة متحفظة وسكانها متحفظون فقد كان يلزم
حدوده بدقة.

وهكذا أصبح أفراد ذلك الفريق يشغلون غرفا في
الفندق وكانت إقامتهم لمدة معينة من الزمن.

كان المترجم يحاول أن يقف بينهم وبين الناس فهو لا
يكاد يعطيهم فرصة للتكلم مع أي احد.

ولكن أحد الشباب في الفريق والذي كان اسمه مالوري
وهو شاب في السابعة والعشرين من عمره أشقر
الشعر زجاجي العينين بلون مائل للون الأخضر

المصفر العسلي، عيونه عميقة وكأن بها قصر ومتاهة وحديقة.

له ابتسامة بريئة طفولية وكلماته قوية وجذابة بالغة الفرنسية.

وسيم، طول القامة، يلبس غالبا اللون الأصفر، لباسه كأنه جندي.

على ما يبدو أن مالوري هذا قد أعجب بموظفة الاستقبال ناسيران لأنه أصبح يخرج من غرفته كل صباح ويسبق المترجم لكي يعطي للموظفة مفتاح غرفته ويسجل الخروج.

لقد فعل هذا الأمر مرة ومرتين ويوما ويومين حتى لاحظت ناسيران تصرفاته.

كان ينزل مسرعا من غرفته، ويلقي عليها التحية.

مالوري:

Bonjour

بونجور

صباح الخير

ناسيران:

Bonjour Monsieur

بونجور مسيو

صباح الخير سيدي

مالوري:

Je m'appelle Mallory et toi?

جومابيل مالوري أي توا؟

انا اسمي مالوي وانت؟

ناسيران: (وهي تبتسم)

Nassiran

ناسيران

مالوري:

Est-ce que tu parlais français?

اسكو تي باغلي فغونسي؟

هل تتكلمين الفرنسية؟

ناسيران:

Non, juste un peu

نو جاست امبو

لا فقط قليلا

علم مالوري بأن ناسيران تفهم القليل من الفرنسية
وليس كثيرا فهي لا تجيدها تماما.

وهذا الأمر لم يكن جيدا بالنسبة له لأنه أراد أن يتعرف
عليها وهذا كان ليصبح عائقا أمام علاقته بها.

وخاصة لأن المترجم كان وكأنه يلاحقه ففي كل مرة يكون يبحث عن فرصة للانفراد بها والتكلم معها أما ينزعج من الموظفين الآخرين أو يأتي المترجم فجأة فيسكت مالوري عن الكلام ولا يقتحم في حواره معها.

عقبات في الطريق

كان المترجم كلما وقف أمام الاستقبال يتكلم باللغة العربية لكي لا يفهمه الفريق الذي معه وأيضا لكي يجعلهم يفهمون بأن الموظفين يفضلون التكلم بالعربية.

ويفضلون الوسيط والمترجم على التعامل مع الأجانب وقد كان هذا مفهوما خاطئا يحاول جعلهم يقتنعون به، فهذا المفهوم كان يخدم مصالحه.

تلقت ناسير ان عرضا للعمل في مكان آخر ولكنها لم توافق عليه وخاصة في تلك المرحلة لأنها كانت قد

بدأت تعجب بمالوري وشعرت بشي من الحب في عينيه.

لم يكن لدى مالوري في تلك الأيام هاتف لأن الشركة لم تصرح لهم بحمل هواتف معهم.

أحيانا لم يكن مالوري يجد فرصة للتكلم مع ناسيران ولا أية فرصة لوجود الكثير من الموظفين أو المدير أو حتى ذلك المترجم الذي عرف بأن مالوري أصبح ينزل من غرفته بشكل أبكر من العادي فأصبح ينزل معه في نفس التوقيت.

عين على العاشقين

بدا وكأنه (المترجم) يلاحق مالوري أو يراقبه، أو أنه يراقب الفتاة وقد شعرت الفتاة بذلك أيضا، وتضايقت كثيرا.

أصبح مالوري يجعل الأمور تهدأ ولا يكلم الفتاة ولا يتجاوز قول صباح الخير في حضور المترجم الذي أصبح يفتح مواضيع للنقاش معها ويسألها عن نفسها بضع أسئلة وهو يسجل الخروج له ولكل أعضاء الفريق الذين يجلسون في البهو غير بعيدين ينتظرونه

بينما مالوري ينظر إليه وهو يحاور فتاته التي أصبح يحبها وهو لا يفهم حتى الكلام الذي يدور بينهما.

قرر مالوري أن يصارح الفتاة بحبه قبل أن يخطفها منه المترجم وقد غار من غيرة كبيرة.

لذا ولأن ناسيران لا تجيد اللغة الفرنسية كثيرا قرر مالوري أن يتعلم اللغة العربية لكي يصارحها بكل مشاعرها ويعبر لها عن مدى إعجابه بها والحب الذي يشعر به تجاهها.

منذ أن رأى مالوري ناسيران واقتنع بها ولمس البراءة في عينيها وأعجب بطريقة كلامها وتعاملها قرر أن تصبح صديقته بل وتخيل أن تصبح رفيقة حياته وشريكة عمره.

طلب مالوري من المترجم أن يأخذه إلى أية مكتبة قريبة مدعيا بأنه يريد أن يشتري رواية لكي يشغل بها وقت فراغه.

لقد كان يحاول أن يحتاط من المترجم الذي كان له
عقل متميز ويتميز بدهاء كبير.

تعلم لغة الحبيب

لم يكن من المسموح لمالوري وكل أفراد الفريق التجول في المدينة لوحدهم بل يجب أن يرافقهم المترجم إلى أي مكان يريدون الذهاب إليه وهذا ما جعل مالوري يطلب من مرافقته إلى المكتبة التي كانت بجوار الفندق.

دخل مالوري الى المكتبة ومن سوء الحظ أن البائع لم يكن يجيد الفرنسية هو أيضا فقد كانت هذه المدينة تختلف عن العاصمة والمناطق الساحلية التي كانت تنشط بها السياحة ويحاول سكانها الإلمام باللغة

الفرنسية على عكس المناطق الداخلية التي تعتبر مناطق محافظة لا يحبذ سكانها لغة بلد كان يستعمرها في يوم من الأيام.

هنا أصبح المترجم يتبختر ويتكلم مع مالوري ويشرح له فائدة وجود مترجم معه في كل مكان لأنه حتى لشراء كتاب كان ليستغرق الكثير من الوقت بلا مترجم.

اغتنم مالوري الفرصة وقال له:

نعم معك حق وهذا،

وقال في نفسه:

هذا سيكون سببا كافيا لشراء كتاب لتعلم اللغة العربية ولو بشكل مبسط لأعرف كلمات التي أنت تقولها لفتاة أحلامي فربما أنت تكلمها بالسوء عني.

استكشف مالوري المكتبة بعينه فرأى رفا لتعلم اللغات والذي كان به كتيبات صغير الحجم لتعلم الكثير من

اللغات، فطلب من البائع أن يعطيه كتاب الفرنسية ثم سأله هل يوجد كتاب لتعلم اللغة العربية.

ومن غير الغريب أن كل بائع يفهم حاجة زبونه ولو لم يكن يجيد كل لغات العالم.

فهم البائع على مالوري فورا وقال له:

Oui oui

وي وي

نعم نعم

أسرع وأعطاه الكتيب الذي كان يشبه إلى حد كبير كتيب الفرنسية.

استغرب المترجم ليس من البائع بل من رغبة مالوري في اقتناء كتيب لتعلم اللغة العربية، لما يشتريه وفيما يحتاجه.

أعاد مالوري كتيب الفرنسية ودفع ثمن كتيب العربية ثم التفت إلى المترجم وقال له:

نعم هذا جيد سوف استغل وقتي بتعلم بعض الكلمات والجمل العربية وضحك وخرج من المحل.

لم يعجب المترجم بما حدث أبدا ولكنه حاول كظم غيظه ورافق مالوري إلى الفندق.

في تلك الأثناء كانت ناسيران تهم بالخروج على الساعة الواحدة فعاد مالوري قبل خروجها.

فرحت كثيرا بدخوله من الباب ولم يكن موعد عودته فقد تعودت على رؤيته صباحا فقط.

دخل مالوري قبل المترجم الذي يبدوا أنه قد صادف صاحب الفندق فوقف معه أمام المدخل يكلمه عن مدة إقامتهم وبعض الأمور الخاصة.

خيانة الثقة

دخل مالوري مسرعا لكي يحظى بلحظات معه ناسيران فسلم عليها ثم قال لها أنظري ما اشتريت سوف أتعلم العربية، فابتسمت هي وشعرت بأنه يريد أن يتقرب منها، فقد كان يقول الكثير بعينيه رغم أن اللغة ولا الظروف المحيطة أسعفتهم لكي يتواصلا مع بعضهما.

عندما دخل المترجم أخذ مالوري كتيبه وقربه إليه وسكت عن الكلام فأخذ مفتاح الغرفة (غرفته في

الفندق) من ناسيران وانسحب لكي لا يثير الشبهات ولا يكشف المترجم أمره.

انزعجت ناسيران أيضا من دخول المترجم الذي أصبح واضحا عليه أن يتتبع حركات مالوري ويراقبه بل ويراقب نظرات عينيه لناسيران.

تضايقت ناسيران هذه المرة كثيرا لأنها علمت بأن مالوري كان يريد أن يخبرها بكلام كثير وقد ظهر ذلك في عينيه كما أنها قد شعرت بتضايقه من المترجم.

ألقى المترجم عليها التحية فأعطته مفتاح غرفته ولكنه راح يسألها أسئلة كثيرة:

هل هذا وقت خروجك؟

هل تسكنين قريبا من هنا؟

هل أنت مرتبطة؟

مخطوبة؟ لديك صديق؟

كانت ناسيران تجيب على سؤال ولا تجيب على آخر.

إعتذرت ناسيران لأن وقت عملها قد انتهى وهي على وشك المغادرة، وقد شعرت ببعض الانزعاج من المترجم وتصرفاته الغريبة وأسلوب كلامه ونظراته.

لم تكن ناسيران تحب أن يتحرش بها أحد في العمل لأنه مكان لطلب الرزق ولقمة العيش، وقد تؤدي أية حادثة إلى فصلها من العمل لأن صاحب الفندق كان صارما.

كما أنها كانت فتاة لطيفة ومحترمة ولا تحب أي تصرف خارج حدود المعقول، غير أنها لم يعجبها المترجم الذي كانت ترى بأنه يقف بينها وبين مالوري إضافة لأنه رجل يكبرها سنا ويبدو عليه انه مرتبط ربما كان متزوجا.

سارعت ناسيران بالخروج من الفندق والمترجم لم يغادر الاستقبال بل كان لا يزال واقفا هناك ينظر إليها وهي مغادرة.

كانت تصرفاته لا تشعرها بالراحة.

خرجت من الفندق وهي ترتجف تقريبا لأنه أحرجها بكثير من الأسئلة الخاصة المحرجة، لقد أظهر لها بأنه يتقرب منها، وكأنه يريد أن يتعمق في علاقة معها.

خرجت ناسيران مسرعة وفور خروجها من باب الفندق أخذت نفسا عميقا وشعرت ببعض الراحة.

سارت قليلا ثم رأت المكتبة التي كانت بجانب الفندق فتذكرت حبيبها مالوري الذي اشترى كتيبا لتعلم اللغة العربية فقط من أجلها.

لكي يستطيع محاورتها وقول كلما كانت تشعر به في نظراته، لقد شعرت ناسيران بحب مالوري ومشاعره النبيلة التي يكنها له، كما أنها قد أصبحت مغرمة به، فقد أعجبت به منذ أول مرة التقت عيناها بعينيه.

دخلت ناسيران إلى تلك المكتبة ربما من باب الفضول أو من باب الألفة فقد كانت تعرف بأن مالوري كان هنا قبل قليل.

أول ما جذب انتباهها فور دخولها إلى الكتبة كان رف خاص بكتيبات تعلم اللغات.

عرف البائع بأنها تريد كتيبا فسألها:

أهلا آنستي هل تريد كتيبا لتعلم لغة ما

ناسيران:

نعم

البائع:

وأي لغة تفضلين؟

ناسيران:

هل يوجد لتعلم اللغة العربية؟

البائع: (وهو يضحك)

أنت تجيدين العربية وهل تحتاجين لكتيب لتعلمها؟

ناسيران:

لا.. إنه ليس لي

البائع:

من الصدفة أنه قبل يومين جاءتنا سلعة بها كتيبات لتعلم اللغة العربية وقد سخرت من الموضوع فمن يحتاجها هنا، ولكن قبل قليل جاءني شاب أجنبي واشترى واحد.

ناسيران:

حقا؟

البائع:

نعم، لقد كان يتكلم الفرنسية ولكن طبعا معه مترجم يرافقه، أظن أنه يقيم في الفندق المجاور، من حسن الحظ أن مكتبتنا بالقرب من فندق كهذا.

ناسيران:

هل يمكنني أن أرى الكتيب؟

البائع:

طبعا، تفضلي (وأعطاها الكتيب)

ناسيران:

لقد شعرت ناسيران بالألفة والحميمية حين حملت الكتيب بين يديها ولم تستطع التخلي عنه.

فقررت شراءه.

البائع:

هل تريدين شيئا آخر؟

ناسيران:

نعم أريد كتيبا مثل هذا لتعلم اللغة الفرنسية

البائع:

طلبك هذا منطقي ليس كسابقه، تفضلي هذا هو الكتيب الذي تريدينه.

ناسيران:

شكرا.

البائع:

أتمنى لك كل الحظ يا آنستي.

أخذت ناسيران الكتيب الذي كان يشبه الكتيب الآخر وغادرت المحل، بعد أن دفعت ثمن الكتيبين، ووجهت الشكر مرة أخرى للبائع الذي كان لطيفا معها.

طوال الوقت بينما كانت ناسيران عائدة إلى البيت وهي تفكر في كل الأحداق التي حدثت معها اليوم الجميل منها والسيىء.

عندما وصلت إلى البيت، أخذت حماما، تناولت بعض الطعام، ثم جلست في غرفتها.

أخرجت ناسيران الكتيبين من حقيبة يدها، وتصفحتهما، كانت تتساءل:

كيف خطر ببال مالوري أن يشتري كتيبا لكي يتعلم لغتها الأم؟

لماذا فعل ذلك؟

هل يحبني إلى هذه الدرجة؟

فهو لا يحتاج تعلم اللغة بوجود المترجم، كما إن عمله لا يستوجب التواصل الكبير مع الناس لفظيا.

هل مالوري يحبني حقا؟

هل يريد مصارحتي بذلك؟

هل يريد أن يكلمني في موضوع آخر؟

أسئلة كثيرة كانت تدور في خاطرها ولم تجد لها جوابا.

كانت تفكر وتفكر والأفكار كثير

راحت ناسيران تفكر في حبيبها مالوري، وهي سعيدة بتصرفه هذا فو لم يكن قد اشترى الكتيب من أجلها لما كان قد أظهره لها.

لما قد يهمه أمرها فيقول لها: (انظري ماذا اشتريت قبل قليل، كتيب لتعلم لغتك الأم).

كانت ناسيران تفكر وتتساءل لما قد يفعل ذلك، لما قد يهمه الأمر ولما يكلمني عن ذلك، لما قال لي وهل يعتقد بأن الأمر كان يهمني.

قضت ناسيران ليلتها وهي تفكر في مالوري ساعة وهي سعيدة ومبسوطة بما كان يقوله لها ويظهره لها من مشاعر، وساعة تفكر في خوفها من ذلك المترجم الذي قد يسبب لها المشاكل مع صاحب الفندق.

ثم فكرت في انه ربما قد يتسبب في مشاكل اكبر من ذلك، لربما يقول لمالوري شيئا ما عنها خاصة وقد أصبح يجري معها الكثير من الحوارات باللغة العربية في حضور مالوري وكأنه يحاول إثارة غيرته أو كأنه يحاول أن يوصل إليه رسالة ما.

نامت ناسيران بين أمور تسعدها وبين مخاوفها.

ولكنها عندما صحت كانت خائفة جدا مما رأته في الحلم، لقد رأت في حلمها تلك الليلة وكأنها كانت تقف مع مالوري وهو يكلمها بحب وكلام جميل، وفجأة جاء

المترجم وصرخ عليها وراح يتجادل مع مالوري، وفي تلك اللحظة تدخل صاحب الفندق وامسكها من يدها لكي يبعدها عن مالوري.

كانت ناسيران تبكي وتريد أن تبقى بجانب حبيبها ولكن المترجم كان يقف بينها وبينه، كما انه كان يحاول منع مالوري من الاقتراب من ناسيران.

خافت ناسيران كثيرا من ذلك الحلم الذي كان يشبه الحقيقة، ورغم ذلك توجهت إلى العمل وهي خائفة في داخلها متماسكة في ظاهرها.

تأخرت ناسيران بالوصول إلى الفندق فوجدت بأن مالوري قد غادر هو وفريقه باتجاه العمل، عرفت ذلك من خلال مفاتيح الغرف وتسجيل الخروج.

بقيت تقوم بعملها وهي خائفة وكلما استدعاها صاحب الفندق في عمل قالت في نفسها:

لما يستدعيني؟ وماذا يريد مني؟

وكلما ذهبت إليه وجدته يسألها في أحد أمور العمل.

تجيبه ثم تتنفس الصعداء.

وهكذا حتى جاء وقت خروجها من العمل فخرجت
وعادت إلى بيتها دون أن ترى مالوري في ذلك اليوم
وهذه أول مرة يحدث شيء كهذا منذ أول يوم لإقامته
وفريقه بالفندق.

كانت ناسيران ترى مالوري كل صباح، مالوري

حبيبها بالوجه الجميل وعيونه الواسعة العميقة،

وابتسامته الساحرة.

وأحيانا كانت تتمكن من رؤيته عند عودته من العمل.

لقد كانت ناسيران تعتبر نفسها محظوظة لأنها وجدت

شخصا مثل مالوري تحبه وهو يبادلها نفس الشعور.

الحب شعور نبيل وإحساس جميل

الحب توافق تناغم وانسجام

الحب شكل وعمق ومظهر

الحب شخص وشخص ورابط بينهما

الحب روح تفهم الروح التي تنتمي إليها

الحب حياة سابقة

والحياة الحالية

وحياة سوف تأتي فيما بعد

الحب فتاة وشاب

الحب قلب بين شابين

قلب بين بالغين

قلب بين كهلين

الحب لا يموت في القلب ولا في الروح

الحب انسجام في السماء ولقاء في الأرض

الحب كان بالنسبة لناسيران هو مالوري، وبالنسبة لمالوري هو ناسيران.

الحب هو مالوري وناسيران

كان ذلك اليوم بالنسبة لناسيران بدون رؤية مالوري يوم كئيب، لقد اكتشفت بأنها لا تستطيع العيش بدونه.

اكتشفت ناسيران بأنها تحب مالوري وبشكل عميق.

لقد أصبحت تخاف عليه وذلك بعد أن رأت ذلك الحلم المزعج.

كما أنها أصبحت تخاف من المترجم، لذا قررت أن تتحاشى الكلام معه في أي أمر لا يخص العمل.

عندما عادت ناسيران إلى البيت اتصل بها أحد الأشخاص الذين كانت قد قدمت لديهم طلب عمل ولكنها قبلت بالعمل في الفندق لأنه أول من وافق على تشغيلها.

اخبرها هذا الشخص بأنه يريد أن يعطيها فرصة للعمل، رفضت وأخبرته بأنها قد شغلت منصبا في مكان ما ولكنه قال لها بأن العرض مفتوح وان غيرت رأيها فهو مستعد لإعطائها تلك الفرصة.

في اليوم الموالي خرجت ناسيران من بيتها في الصباح الباكر وقد أبكرت لكي تحظى بفرصة لرؤية حبيبها الذي لم تتمكن من رؤيته يوم أمس.

عندما وصلت الجميلة ناسيران إلى الفندق وجدت سيارة فريق مالوري خارجا فعلمت انه ربما تأخرت مرة أخرى، ولكنهم هم من غيروا من موعد انطلاقهم للعمل.

دخلت مسرعة واستلمت عملها في الاستقبال وجلست، نزل المترجم أولا وألقى التحية على ناسيران وقال:

صباح الخير يا جميلة بلادي

ناسيران:

صباح الخير سيدي

المترجم:

كيف حالك اليوم؟

ناسيران:

بخير الحمد لله.

المترجم:

لم أرك يوم أمس لقد اشتقت لك، الفندق من غيرك ليس جميلا.

ناسيران: (استغربت من جرأة كلامه ولم تجد له جوابا)

لقد عملت يوم أمس

المترجم:

نعم ولكنني أنا لم أرك

ناسيران:

لقد غادرتم باكرا ربما لأنه كان لديكم عمل

المترجم:

العمل لا يهمني، أنا سعيد لأنني التقيت بك

(شعرت ناسيران بالإحراج من كلامه ولم تستطع تفسير ما يحاول قوله لها)، فأضاف هو قائلا:

هل تعلمين شيئا؟

ناسيران:

ماذا؟

المترجم:

لا يوجد ما هو أفضل للفتاة من زوج يناسبها والأفضل أن يكون ابن بلدها ومن نفس جنسيتها ويتكلم نفس لغتها.

ناسيران:

نعم، نعم

(هنا عرفت ناسيران بأن للمترجم نية سيئة وأن كلامه يلمس مالوري بشكل خاص وأنه يقصدها ومالوري بكلامه)

المترجم:

أنت توافقينني في الرأي إذن؟

ناسيران:

في الحقيقة لا أعلم

المترجم:

لا يجب أن تعلمي، واعلمي بأن رأيي صحيح، فلا أحد
قد يوافق على علاقة ابنة بلده مع شاب أجنبي.

شاب يختلف عنا في العادات والتقاليد

شاب يختلف عنا في المذهب والدين

لا أحد يرضى بذلك

فأي رجل لك من هنا أفضل لك من شاب أجنبي

ناسيران:

لي أنا، ماذا تقصد؟

المترجم:

لا .. لا .. لا أقصد شيئا

في تلك اللحظة عرفت ناسيران بأنه رجل مخادع
ويفعل عكس ما يقول ويقول عكس ما يفعل، وأن له
نية لم تظهر بعد.

وبينما هما يتناقشان وناسيران تسجل خروجه وتضع المفتاح (مفتاح غرفة المترجم في الفندق) في مكانه، حتى نزل مالوري من الطابق الثاني إلى الطابق الأول حيث الاستقبال.

A tout à l'heure

نزل مالوري الذي كان يبتسم كعادته.

نزل مالوري وهو متفائل ويشعر السعادة، لقد كانت السعادة تشع من عينيه.

ألقت التحية على ناسيران وقال:

Bonjour

بونجور

صباح الخير

ناسيران:

Bonjour

بونجور

صباح الخير

مالوري:

Comment ça va?

كومون صافا؟

كيف حالك؟

ناسيران:

Ça va bien merci, et toi?

صافا بيان مغسي أي توا؟

بخير وكيف حالك أنت؟

مالوري:

Ça va

صافا

بخير

التفت مالوري إلى المترجم الذي ألقى عليه التحية بدوره فأجابه مالوري وقال:

Bonjour

بونجور

صباح الخير

المترجم:

Allons-y

هيا بنا

مالوري:

Le temps est-il si rapide?

هل حان الوقت بهذه السرعة (وهو يبتسم في وجه ناسيران التي كانت تفهم القليل من كلامهما فقط)

المترجم:

Nous ne devons pas être en retard,
Aujourd 'hui, nous avons beaucoup de
travail a faire

يجل أن لا نتأخر، اليوم لدينا عمل كثير

مالوري:

Allons-y, Mais qu'en est-il de la chose
dont je t'ai parlé?

هيا بنا، ولكن ماذا عن الأمر الذي أخبرتك عنه

المترجم:

Ne vous inquiétez pas, je t'ai dit que je

t'aiderai

Sortez avant moi, et je lui dirai tout de

suite, tant qu'il n'y a personne

لا تقلق أنا قد أخبرتك بأنني سوف أساعدك..

هيا أخرج قبلي وسوف أخبرها حالا طالما أن لا أحد

هنا.

مالوري:

D'accord

حسنا

نظر مالوري إلى ناسيران وهو يضحك ويبتسم وكأنه

سعيد بأمر م وقال لها: (بعد أن اقترب منها لأنه كان قد

ابتعد لكي يكلم المترجم سرا)

ناسيران نلتقي فيما بعد

"A tout à l'heure"

وغمز لها بإحدى عينيه الجميلتين وغادر.

دمعت عيني ناسيران عندما رأته يغادر وكأنها شعرت بأن هذه آخر مرة سوف ترى فيها حبيبها مالوري.

لم ترفع ناسيران عينيها عن حبيبها مالوري وهو مغادر فشعرت وكان روحها تغادرها.

كانت تلك أول مرة تشعر بذلك الشعور وكأن الروح تنسلخ عن الجسد.

بعد مغادرة ناسيران التي كانت جملة مالوري لازالت

ترن في أذنها

نلتقي فيما بعد

"A tout à l'heure"

اتوتالور

بعذ ذلك رجع المترجم إلى ناسيران فقد توجه إلى المكتب حيث هو صاحب الفندق وكلمه قليلا ثم عاد إليها حيث هي في الاستقبال.

ثم قال لها:

ناسيران أريد أن أقول لك شيئا

ناسيران:

نعم وما هو؟

المترجم:

فكري في كلامي الذي قلته لك قبل قليل

ناسيران:

كلام ماذا؟ ولكن ما الذي تقصده؟

المترجم:

كلامي عن الزواج وعلاقة فتاة عربية شابة وجميلة مثلك بشاب أجنبي

ناسيران:

ولكن ما دخلي أنا في هذا الموضوع العام، كل شخص حر بتصرفاته.

المترجم:

أنا اقصد كانت بكلامي

ناسيران:

تقصدني أنا؟

المترجم:

نعم أنت، اسمعي لن يوافق أحد على علاقتك بأجنبي، لا أنا ولا صاحب الفندق.

أفضل اختيار لك هو رجل من بلدك يعرف قيمتك ويعرف كيف يتعامل معك.

خذي هذه الورقة لقد كتبت لك عليها رقم هاتفي، يمكنك أن تتصلي بي في أي وقت تشائين.

ناسيران:

ولكن ما الذي تقوله؟

المترجم:

اسمعيني حتى أكمل كلامي ولا تقاطعيني.

أنا أريد أن نصبح أصدقاء وان نتعرف على بعضنا البعض جيدا وان توافقنا، أريدك أن تصبحي صديقتي الحميمة، واعلمي أن نيتي جيدة وان لست الأجانب أنا اطلب الحلال فقد أعجبت بك منذ أول مرة رايتك فيها.

بعد أن غادر المترجم، والفريق الذين كانوا ينتظرونه في السيارة أمام الفندق، شعرت ناسيران بأن المترجم كان يتحداها، ولم يكن معجبا بها حقا ففرق السن بينهما كان واضحا وما كانت لتوافق عليه بأي حال من الأحوال.

لقد عرفت بأنه سوف يقف بينها وبين مالوري ولن يدعه يحظى بفرصة لا للكلام ولا لإقامة علاقة معها وقد كان هذا واضحا من كلامه عنه.

كما انه قد قام بتهديدها بطريقة غير مباشرة وقال لها بأنه لن يوافق على علاقتها بالشاب ولن يوافق صاحب الفندق وهذا معناه انه قال لها بأنه في حالة ما اذا أصرت هي على رأيها فسوف يوصل الأمر إلى صاحب الفندق الذي سوف يقوم بمنعها من هذه العلاقة أو ربما يقوم بطردها من العمل.

فكرت ناسيران فيما حدث وعرفت بأن الأمر خطير وربما يتعدى ذلك المترجم حدوده ويقول عنها أمورا غير صحيحة.

استأذنت متحججة بالمرض وعادت من فورها إلى بيتها لكي تفكر في حل للمشكلة العويصة التي وضعها فيها المترجم، والجرم الذي يريد أن يلفقه لها.

لقد كان اتهامه لها خطيرا ويمس الشرف، والشرف في بلادها يفوق الحدود، فمن يمس الشرف قد يعاقب عقابا شديدا.

لم تكن ناسيران قد وصلت العمر القانوني، الرشد،
وهذا ما جعلها تفكر بدل المرة مرتين لكي لا تورط
نفسها في أمر قد يكون جزاؤه عويصا.

كما أنها خافت كثيرا على حبيبها مالوري الذي ما
كانت تريد أن يتورط في مشاكل قد لا يفهمها، فهو
وان كان يعمل هنا في بلدها، وان كانت تربطه مشاعر
حب معها لن يفهم الصعوبات التي قد تواجههما من
طرف المجتمع وعائلتها، فما بالك بالزوبعة التي
يستطيع المترجم أن يفتعلها.

كما أن كونها لا تبلغ السن القانوني كان عائقا أمامها،
كما هو الأمر تماما لعائق اللغة.

لن تستطيع ناسيران أن تشرح كل تلك الأمور لحبيبها
مالوري دون أن تتواصل معه بلغة مفهومة.

ألم الفراق

نظرت ناسيران هنا وهناك، وكان لديها الكثير من الكلام الذي يجب قوله لحبيبها مالوري، ولكنها لم تكن تريد أن تجعله يشعر بخوف ربما يكون فقط مفتعلا من طرف ذلك المترجم الشرير الذي اخبرها بأنه لن يسمح بحصول شيء بينها وبين مالوري.

كما انه قد أخبرها بأنه يريدها أن تصبح صديقته الحميمة وربما يريد أن يجعل الأمور بحجم أكبر.

كانت الاحتمالات كثيرة، وان سولت للمترجم نفسه فيستطيع أن يطلق أية تهم يريد على ناسيران ومالوري معا أو على ناسيران لوحدها أو العكس على مالوري لوحده، وربما يطرد مالوري من عمله هو الآخر.

ربما تصبح مسالة شرف.

رغم صغر سنها إلا أن ناسيران كانت فتاة واعية ورزينة، ومن شدة حبها لمالوري أرادت أن تفكر مليا وأن تجد حلا لا يضر بمالوري ولا بسمعته وعمله.

لقد عرفت بأن المترجم هو رجل ماكر وقادر على فعل أمور كثيرة، لذا قررت أن تفكر جيدا لكي تجد حلا للنفاذ من هذا المشكل العويص حتى وان كانت هي الخاسرة في الأمر.

ولكنها فضلت أن تخسر قليلا ولا أن تخسر مالوري.

فضلت أن تخسر عملها ولا أن يخسر مالوري عمله.

فضلت أن تخسر حبها ولا أن يتم جرح حبيبها مالوري.

فضلت أن تخسر أجمل شيء في حياتها والذي كان وجود مالوري ورؤيتها له كل يوم ولا أن يتهم حبيبها زورا وهو في نظرها مثل الملاك لم يقم بأي شيء قد يعاقب عليه أو توجه له التهم بسببه.

فضلت أن تجد حلا ولا أن يخسر مالوري شيئا بسببها.

خافت أن يتشاجر مالوري مع المترجم أن هو علم بما فعل.

ففضلت الانسحاب والاختفاء عن الأنظار دون أن تظهر نيتها أو سبب قيامها بما ستفعل.

نامت ناسيران بين دموعها وأحزانها، كانت وسادتها مبللة بالدموع التي أبت أن تتوقف إلى أن طلح الصباح.

مرض الفراق والاشتياق

في اليوم الموالي شعرت بأنها ليست على ما يرام.

وهكذا لازمت ناسيران فراش المرض لمدة لا تقل عن الأسبوع، ثم أرسلت صديقة لها لتقدم استقالتها من العمل في ذلك الفندق.

اتصلت بذلك الرجل الذي اخبرها بأنه قد يعطيها فرصة عمل لديه ولكنها طلبت مدة للتعافي لأنها أخبرته بأنها مريضة ولا تستطيع الالتحاق بالعمل مباشرة.

كان ذلك الرجل قد وعد صديقة له بمنصب العمل وهذا ما يجعله يجد بعض الحجج الواهية لناسيران لكي لا يعطيه وعدا بالعمل، أو بالأحرى لكي يسحب الوعد الذي أعطاه لها سابقا.

وهكذا عرف الرجل كيف يخل بوعده مع ناسيران وهي في عز حاجتها لمنصب العمل ذلك.

كان تصرف هذا الرجل السيئ هذا مع ناسيران كفيل بأن يجعلها تعاني من الاكتئاب.

لقد دخلت ناسيران في حالة من الاكتئاب والمرض لمدة طويلة من الزمن ولم تكن خسارتها لتلك الوظيفة هي السبب بل كانت تشتاق لحبيبها مالوري.

لقد كانت حالتها تسوء يوما بعد يوم، كما أنها لم تعد تخرج من البيت بل ولم تعد تخرج من غرفتها حتى.

وبعد مرور ستة أشهر أصبحت ناسيران تقر بحقيقة ما حدث، وأصبحت توقن بأنها لم تخسر العمل فقط ولا فرصة التوظيف الثانية تلك، بل لقد خسرت حبيبها وحب حياتها مالوري.

لقد كانت تبكي على فراق حبيبها ليلا نهارا ولا عزاء لها إلا ذلك الكتيب الذي يذكرها بالكتيب الذي اشتراه مالوري من أجلها.

كانت تمسك الكتاب بيديها كل ليلة وتبكي حتى تغفى.

لقد كان ذلك الكتاب عزاء وكنزا بالنسبة لها، فهو صلة الوصل الوحيدة التي تذكرها بحبيبها، إضافة إلى مذكرة صغيرة كتبت عليها اسم حبيبها، لكي تنظر إليه كل يوم.

أصبحت ناسيران كئيبة جدا، كانت تفكر في أين يكمن الخطأ، فلم تجد جوابا إلا جشع الناس، والذي كانت تقصده كان ذلك المترجم.

وتستمر الحياة

وبعد مدة من الزمن وبعد كل ذلك التعب النفسي، وطول تفكير، وجدت بأنه كان ربما خطؤها هي أيضا.

كيف قد كان خطؤها، لم تعي بأن الخطأ ربما كان في كل الظروف بل رأت بأن الخطأ كان في موقفين:

أولهما:

عدم قدرتها على التواصل باللغة الفرنسية التي كانت لغتها الثانية ولكنها كانت ضعيفة فيها.

الأمر الثاني:

كونها لا زالت لم تبلغ سن الرشد، فلو كانت راشدة لما شعرت بالضعف ولفرضت اختيارها وفرضت قرارها مهما كانت النتائج والعواقب.

فهي لم تكن لترتكب جريمة بل فقط كانت لترفع صوتها وتطلب بحقها الإنساني في اختيار شريك حياتها ومن اختاره قلبها غير أبهى بعواقب تصرفها الشجاع هذا.

بعد كل ذلك التفكير قررت ناسيران أن تلتحق بمدرسة خاصة لكي تقوي لغتها الفرنسية.

كان لدى ناسيران بعض المال وليس بالكثير، فقررت أن تصرفه على تلك المدرسة الخاصة التي عثرت عليها عندما أرادت أن تقوي اللغة الفرنسية.

لم يكن لدى ناسيران إلا القليل من المال، ولكنها قررت أن تسعى لتحقيق هدفها.

سجلت ناسيران نفسها في صف لتعلم الفرنسية، نصحها الذي يقوم بالتسجيل أن تبدأ من مرحلة اقل من مستواها لكي تستفيد، وبدل أن تبدأ من المستوى الذي هي فيه بدأت من مستوى اقل من ذلك بعد أن أقنعها موظف الاستقبال المسئول عن التسجيلات بفعل ذلك.

كان هذا أول خطأ في هذه المدرسة المزعومة، أما الخطأ الثاني فهو نتيجة أحد شروط التسجيل، اخبر موظف الاستقبال ناسيران بأن كل من يسجل يدفع ثمن الدروس جميعها مقدما وهذه سياسة هذه المدرسة الخاصة التي كانت قد فتحت جديدا.

وأخبرها بأن هذا الشرط على جزأين الدفع مسبقا ثم لا يحق لأحد أن يسترجع المال مهما كانت الأسباب، ولا يتم تعويض الحصص التي يغيب عنها الطالب.

لم تشعر ناسيران التي كان هدفها لتقوية لغتها الفرنسية إكراما لحبيبها مالوري بأي ريب في تصرفات موظف الاستقبال.

فدفعت مبلغا كبيرا بالنسبة لها لمدة لا تقل عن ثلاثة أشهر دراسة.

وهكذا بدأت ناسيران الدراسة التي كانت فقط مرتين أسبوعيا، كل مرة حصة من ساعة ونصف.

ولكن ناسيران صدمت في المستوى الذي كان متدنيا عنها فهي كانت تلم بكل الأساسيات وكانت تريد التقدم في إجراء الحوار.

وهكذا بعد مرور ثلاث حصص وجدت بأنها لا تستفيد من المال الذي دفعته، فقد تم خداعها بأن قام الموظف بإقناعها بالتسجيل في مستوى اقل من مستواها دون ان تخضع لاختبار لتقييم مستواها من طرف متخصص فيتم توجيهها بطريقة احترافية.

أرادت أن تعترض ولكنها كانت قد وافقت على الشروط وان المال لا يتم استرجاعه.

لقد علمت بأنهم ليسو إلا مخادعين وليست مدرسة بحق بل مؤسسة لسرقة المال من الناس دون تقديم خدمة لهم.

قررت ناسيران أن تلتزم بالحضور وان ترى إلى أين سوف تصل بها الأمور، وعندما كانت تنتظر الأستاذ لحضور الحصة الرابعة لم يتمكن من الحضور.

وهكذا مرت ثلاث حصص والأستاذ يتخلف عن الحصص لأسباب مرضية، ولكن الأسباب لم تكن مقنعة لأنه أحيانا هو مريض وأحيانا سافر لأحد مريض، وأحيانا له ابن مريض.

لم تكن غيابه المتكرر منطقيا لأن أعذاره تكررت، والقائمين على العمل في المدرسة كانوا مقتنعين بما يقولونه ويحاولون إقناع كافة الطلبة الذين لم يكونوا معترضين كثيرا.

لم تعرف ناسيران ما يمكن فعله أو قوله، فترددت على المدرسة كثيرا دون أن تجد فائدة.

حتى توصلت إلى انه تم خداعها ولا حل بيدها،
توصلت إلى أنها أصبحت تتردد على المدرسة بلا
هدف ولا فائدة.

وبعد مرور شهر من التماطل قررت ناسيران أن
تتوقف عن التردد على تلك المدرسة التي أصحابها
مجرد مخادعين.

عادت ناسيران إلى نفس النقطة التي انطلقت منها،
وعادت الى روتين حياتها السابق، حيث لا عمل لا
نجاح لا حب.

تفكير فيما خسرته، وتفكير في فراق حبيبها، وحزن لا
نهاية له، دخلت في أزمة من جديد.

كانت تعاني لوحدها وبدون مساعدة أي احد.

وبعد مرور فترة من الزمن، فمع الزمن تشفى الجروح، تقدم لخطة ناسيران أكثر من شخص ولكنها قررت أن تجلس في البيت تنتظر بلوغها سن الرشد.

رفضت كل متقدم للخطبة، وقد كان الخاطبون يتقدمون بطرق تقليدية التي يعمل بها في الدول العربية.

لم تتخيل ناسيران أنها قد توافق على أي شخص وتتزوج ككل البنات بل كانت ترى بأنه لا يليق بقلبها إلا الشخص الذي اختطف قلبها من أول نظرة.

كان قلبها مليئا بالحب لدرجة أنها ما كانت تستطيع
الارتباط بأي شخص سواه.

ويستمر الحب

ورغم مرور كل هذا الوقت إلا أن ناسيران مازالت تشعر بالحب تجاه مالوري بنفس الطريقة ونفس القوة ولا تجد بأنه من الممكن أن ترتبط بغيره لا عاطفيا ولا بالزواج.

عندما بلغت ناسيران سن الرشد شعرت بأنها أفضل حالا ويكنها اليوم أن تفرض كلمتها ورأيها دون أن يستغلها أحد أو يضغط عليها أحد وقد كانت قوية الشخصية دائما.

قررت بعد ذلك أن تجد عملا أخر ولكن ولأنها لم تكمل دراستها لم يكن العمل متوفرا بشكل جيد، بعد ذلك وجدت عملا في مركز رياضي وكانت وظيفتها في قاعة رياضية تشبه عمل الأرشيف.

كما أنها لم تكن لديها الخبرة الكافية لتجد عملا جيدا، لأن معظم الوظائف تشترط الشهادة والخبرة التي لا تقل عن سنة أو سنتين، لذا ضاعت منها الكثير من الفرص بسبب ذلك.

بقيت في ذلك العمل لمده خمس سنوات، لم تكن تعمل كل يوم بل يومين في الأسبوع فقط لأن القاعة الرياضية لم تكن تنشط كثيرا.

كما أن راتبها لم يكن كبيرا وهذا ما جعلها لا تتمكن من جمع المال الكافي لأي شيء بشكل عام.

بحثت كثيرا عن طريقة للهجرة ولكن لم توفق أبدا، بحثت عن كورسات ودورات لكي تسافر طلبا لتقوية

اللغة الفرنسية ولم توفق، بحثت عن عمل بالخارج ولم توفق.

كانت فتاة كثيرة البحث قليلة الحظ، وربما يرجع السبب وراء فشل بحثها إلى كونها تبحث فقط باللغة العربية.

تعلمت في تلك الفترة الكثير من الصناعات كالخياطة والحلاقة وغير ذلك، لأنها كانت تريد أن تشغل الوقت الباقي لها من العمل، فكانت تذهب إلى العمل في الأيام المحددة وتقوم بتعلم حرفة ما في باقي الأيام.

مطاردة الطموح

وبعد مرور كل تلك السنوات، فجأة قررت العودة إلى الدراسة، لأنها كلما بحثت عن عمل بالخارج اشترط وجود شهادة وهي كانت قد توقفت عن الدراسة ولا شهادة لديها.

عادت ناسيران مع طموح جديد، عادت إلى الدراسة من جديد، ودخلت الجامعة.

كانت متفوقة في الدراسة وتتحصل على علامات متفوقة وهذا ما جعل الكثير من الفتيات يغرن منها

ويقررن محاربتها لأنها كانت تعتمد على نفسها في دراستها وتعتمد على عقلها وتفكيرها، فيما كانت هناك فئة من الفتيات يحصلن على العلامات باستعمال جمالهم وتسويق ذواتهن.

أكملت سنوات الدراسة بصعوبة بسبب تلك الفئة من الفتيات، ولم تقم علاقة مع أي شاب لأنها كانت قد وعدت بقلبها ومشاعرها لمالوري.

رغم إبداء البعض من الشباب إعجابهم بها إلا أنها كانت تعتبر الجميع أصدقاء وزملاء ولا شيء أكثر من ذلك.

قررت ناسيران أن تغير الجامعة لكي تواصل دراستها وتحصل على شهادة عليا، وبالفعل فعلت ذلك.

كانت ناسيران تتعب كثيرا في الدراسة وأصبحت اليوم تتنقل من مدينة إلى أخرى لكي تكلم دراستها وهذا الأمر أثقل كاهلها لأنها لم تكن لديها أموال ولا داعم يدعمها بل كانت تعتمد على نفسها اغلب الوقت.

وهذا ما جعلها تتقشف في كل شيء.

ورغم كل التطور التكنولوجي وتطور العصر إلا أن ناسيران لم تلاحق العصر، كانت تعتمد على الجامعة فكانت تسعى لتحقيق التفوق ولكنها لم تكن تحظى بالجوائز الجامعية التي كانت تخطفها منها فتيات ذكيات بأجسادهن يحصدن الفور والجوائز ولا يظهر تفوقهن إلا في اللحظات الأخيرة.

كانت ترى ناسيران بأن فرصتها للحصول على تلك الأجهزة الالكترونية تقييما لمجهودات المتفوقين قد يساعدها في حياتها ولكن هيهات لها أن تنافس تلك الفئة التي كانت تتمتع بكل وسائل الرفاهية من جيوب الموليين الشاب والرجال كبار السن الذين يقيمون علاقات مع فتيات الجامعة.

كانت هي الوحيدة التي لا تمتلك الأجهزة المتطورة، وبعد فترة من الزمن تمكنت من جمع بعض المال لاقتناء كمبيوتر محمول (لابتوب) والذي كان مهما جدا

في تلك المرحلة من حياتها لأنه كان من الممكن أن يعينها على البحث وكتابة رسالة التخرج.

كانت سعيدة به جدا وانغمست في بحثها وعملها، حتى تحصلت على نتائج جيدة وأثبتت تفوقها رغما عن أنوف الحاسدين.

كانت تضع أي مبلغ من المال في خدمة دراستها، لذا لم تستطع شراء هاتف ذكي إلا هاتفا صغيرا كانت قد اقتنته منذ وقت طويل.

رغم حصولها على شهادة الماستر إلا أنها لم تستطع التوظف فقد كانت المناصب نادرة وطبعا قبل الإعلان عن أي مسابقة يكون المسئولون عن التوظيف قد اخبروا أحد معارفهم من أهلهم أو أصدقائهم بأن هذا المنصب هو لفلان أو لفلانة.

فيكون إجراء المسابقة، مجرد إجراء شكلي ولا مصداقية ولا نزاهة في الموضوع.

وهكذا قررت ناسيران أن تكمل دراستها أكثر، وان تسعى لشهادة عليا.

تقدمت لإجراء مسابقة دكتوراه ففازت بها وتحصلت على المرتبة الأولى.

التحقت بالجامعة وبدأت مشوارها، أكملت سنة من الجد والاجتهاد وتعمقت في رسالتها، وهذا كانت تبحث ليلا نهارا لأنها أرادت أن تنهي بحثها بسرعة لكي تتفرغ لحياتها وتعود إلى البحث عن عمل أو هجرة أو حتى البحث عن حبيبها.

فقد كانت لديها التزامات بهذه الرسالة والجامعة ولم تكن لتغادر البلد فقط هكذا.

وبعد مرور ثلاث سنوات والتي كانت هي المدة القانونية لإكمال رسالة التخرج.

بعد أن أرسلت كل العمل المتبقي إلى الدكتور المشرف على رسالتها اخبرها بأنه مستعد أن يدعها تناقش رسالتها مقابل أن تقضي معه بعض الوقت.

لم تصدق دناءة ذلك المشرف وكيف له أن يفعل ذلك، فقررت أن لا تتصل به ثانية.

تقدمت بشكوى إلى رئاسة الجامعة ولكن كان له أصدقاء في كل مكان فلم تستطع أن تأخذ حقها منه لأن كلامها كان مقابل كلامه.

بعد فترة من الحزن والألم الذي عانت منه ناسيران لتعرضهما لك هذا الظلم وعدم أخذها لحقها، كانت لا تمتلك إلا الدعاء والصبر.

بعد مدة زمنية لا بالقصيرة ولا بالطويلة تعرض ذلك المشرف لحادث سير هو وعائلته مما جعله يفقد حياته.

وفي الدخول الجامعي الجديد تم الاتصال بناسيران لكي تناقش رسالتها وقد تم تعيين مشرفة لكي تتابع مع الأمر.

وأخيرا تخرجت ناسيران وتحصلت على شهادة بذلك الجهد وسهرت الليالي لكي تحصد النجاح أخيرا.

لقد صبرت ناسيران ونالت الخير جراء صبرها.

قررت ناسيران أن تلتحق بالعمل في الجامعة ولكن كانت تريد الهجرة بشكل اكبر لقد قررت أن تهاجر وتعمل في بلد آخر وقد أصبحت تمتلك شهادة ولكن ليس لديها خبرة في العمل.

استيقاظ الحلم

وفي يوم وبينما كانت ناسيران جالسة في بيتها ترتب أغراضها وجدت كتيب تعلم اللغة العربية الذي كان ذكرى من أيام مالوري حبيبها الذي كانت ولازالت تحبه بقوة.

قامت من مكانها وقد كانت تمتلك عقدا من ذهب فأخذته وخرجت من البيت.

اتجهت إلى السوق باعت العقد ودخلت محلا لبيع الهواتف الذكية، سألت البائع:

مرحبا، أريد شراء هاتف

البائع:

أهلا، وما هي مواصفات الهاتف التي تريدينها بالضبط؟

ناسيران:

لا اعلم.. هاتف ذكي متطور يمكنني التواصل به

البائع:

هل تفضلين نوعية معينة، أو تحبين مثلا أن يكون بشاشة كبيرة أو ذاكرة، أو كاميرا للتصوير

ناسيران:

لست ادري حقا، أريد هاتفا جيدا المهم أن يكون على قدر مالي.

البائع:

لدينا كل الأنواع والمواصفات والأسعار، فكم من المال تمتلكين.

ناسيران:

لدي هذا (......) المبلغ من المال

البائع:

حسنا .. إنه مبلغ لا بأس به، سوف أنصحك بهاتف من الفئة المتوسطة.

خذي هذه هي الهواتف التي يمكنك شراء أحدها بهكذا مبلغ.

ووضع أمامها ثلاث هواتف من نوعية واحدة وقد كانت تلك أفضل نوعية ولكن كل هاتف من جيل

ناسيران:

وكيف يمكني أن أفرق بينها؟

إنها متشابهة بالنسبة لي... لا فرق في نظري إلا في اللون الخارجي.

بما تنصحني أنت؟

البائع:

اسمعي سوف أستثني هذا.

وأخذ أحد الهواتف وأعاده إلى مكانه، ثم أضاف قائلا:

يمكنك أن تختاري بين هاذين كلاهما جيد ولكن إن أردت يمكنني أن أنصحك بأحدهما.

ناسيران:

سوف أختار الذي باللون الأزرق، لا أفضل الأبيض

البائع:

ولكن كنت لأنصحك بالعكس لأن الذي باللون الأبيض أقوى من الآخر.

ناسيران:

هل الفرق بينهما كبير؟

فأنا قد أعجبت بالهاتف ذي اللون الأزرق.

البائع:

لا.. ليس فرقا كبيرا جدا يا آنستي

فلهما نفس الذاكرة ولكن ابيض اللون له شاشة اكبر

وجودة التصوير به أكثر جودة.

ناسيران:

أنا حقا أرى أن هذا يشبهني، سوف أخذ هذا الهاتف

البائع:

حسنا كما تريدين

ناسيران:

شكرا جزيلا

أخذت ناسيران هاتفها الجديد وهي سعيدة ومبسوطة،
ومن شدة السعادة نسيت أن تشتري شريحة يكون
مزودة بالانترنت.

وصلت إلى البت في وقت متأخر من المساء، وكانت
فرحة بالهاتف تنظر إليه وتتأمله.

وما هي إلى لحظات حتى اكتشفت بأنها قد نسيت أهم
شيء في الموضوع والذي هو الشريحة.

عندما أدركت الأمر كان الوقت متأخرا لذا قررت أن
تترك الأمر إلى يوم الغد.

قامت بوضع الهاتف الجديد في الشاحن لمدة ساعات
أوصى بها البائع.

عندما اكتمل شحن الهاتف أخذته ناسيران وراحت
تكتشف ما به من أشياء.

كان حقا هاتفا جميلا.

أرادت أن تجرب الكاميرا فوجدت أمامها ذلك الكتيب الذي تخبؤه من أيام مالوري فأخذت له صورة.

كانت سعيدة وكأن الهاتف يعني لها مالوري أيضا.

لقد أصحى فيها الحب والحنين، واستيقظ ذلك الشعور الدفين.

البحث عن الحب

في اليوم التالي ذهبت إلى أحد المحلات القريبة من بيتها واشترت شريحة بها رصيد انترنت.

شغلت الشريحة وشغلت الهاتف وأخيرا.

كانت سعيدة ومبسوطة جدا.

أول أمر قامت به ناسيران هو أن قامت بإنشاء حسابات على مواقع التواصل الاجتماعي.

فتحت بريدا الكترونيا، وفتحت صفحة فيسبوك وحسابا على الانستقرام.

كانت ناسيران تعرف كل هذه المواقع ولكن لم يكن لديها حسابات ولا صفحات، كان لديها بريد الكتروني خاص بالدراسة والعمل فقط (التقدم بطلبات العمل والاتصال بالمؤسسات والشركات).

ولكنها أرادت شيئا خاصا هذه المرة.

طلب منها حساب الانستقرام وكذلك صفحة الفيسبوك وضع صورة ولكنها لم تحبذ أن تضع صورتها فأسرعت إلى بلكونة المطبخ وأخذت صورة لنبتة كانت لديها، إنها زهرة مارجريت جاءتها هدية من صديقة لها.

ووضعت تلك الصورة على حساباتها، كما أنها لم تشأ أن تضع اسمها الحقيقي فوضعت اسم دلعها اسما لحساباتها.

وفورا بعد ذلك وضعت اسم حبيبها مالوري فكل الحسابات تبحث عنه.

بحثت كثيرا ولكن لم تجد اسمعه كما تعرفه، إلا أنها وجدت شخصا يشبهه وله مواصفات كثيرة يشترك فيها مع حبيبها مالوري.

ولكن الاسم قد اختلف، اسم العائلة من حيث التهجئة فأرجعت ذلك الاختلاف إلى انه ربما لم يقبل له موقع التواصل الاجتماعي التسجيل بذلك الاسم.

لقد كان يشبه حبيبها ولكن قد مر عليه الزمن، يشبهه لديه عيون جميلة وكان رجلا وسيما.

بحثت في معلوماته فلم تجد الكثير ولكن كان رجلا اعزبا وهذا كان سببا في أن يكون التواصل معه متاحا فلو كانت قد وجدته متزوجا أو لديه عائلة أو أطفال ما كانت لتصبح دخيلا عليه ولا أن تهدد استقراره، لو كان فقد لديه حبيبة لما اتصلت به.

بحثت في صوره فلم تجد له صورا قديما، مازالت ناسيران تتذكر وجهه الجميل البريء وعيونه العميقة.

لم تجد صورا له عندما كان شابا في مقتبل العمل، لم يكن على صفحته إلا صوره وهو رجل.

أرادت أن تتأكد إن كان هو أو لا فلم يكن أمامها سبيل لفعل ذلك إلا أن تتشجع وان تتواصل معه وتسأله بشكل مباشر.

فأقصر مسابقة بين نقطتين هو خط مستقيم، لم تكن ناسيران تجيد الكذب ولا تحبه، ولم تكن تريد أن تتلاعب ولا أن تلف وتدور، لذا قررت أن تستجمع كل قواها وتتواصل معه.

جلست تفكر كثيرا وهي في مد وجزر حتى امتلكت
الشجاعة في المساء وعلى الساعة السابعة وقت
الغروب جلست تشاهد ذلك الغروب الجميل وتكتب
رسالة إلى رجل قد يكون هو نفسه حبيبها مالوري.

رسالة إلى الحبيب

صباح الخير

مالوري الذي أبحث عنه

اسم عائلته ليس

phoeni وليس phoenis

كان اسم عائلته فينيكس

لقد كتبت اسم عائلته في ملاحظة صغيرة في تلك الأيام

ولكني لا أجدها الآن

لكن ما زلت أتذكر ما حفرته في ذاكرتي وكان قلبي فينيكس

مالوري فينيكس

لكن

لديكما الكثير من القواسم المشتركة

لديكما الكثير من الأشياء ، نفس الأشياء

هل هذا أنت؟

هل أنت هو

هل أنت مالوري الخاص بي؟ الشخص الذي أبحث عنه

مالوري الذي أبحث عنه

كان وسيمًا ، ذو وجه جميل وله روح مثل الملاك

لديه عيون عميقة

يمكن لعينيه أن تقول الكثير من الكلمات بدون حروف

لقد كان وسيمًا حقًا وأعتقد أنه بعد ستة عشر عامًا

سيكون وسيمًا مثلك

أنت وسيم أيضا

أعتقد أنه سيبدو مثلك ... ربما

كان لطيفا

وفي الجملة الأخيرة قال لي:

" A TOUTE À L'HEURE"

أراك لاحقا"

لكن "لاحقًا" لم تأت هذه حتى اليوم

كان مثل طائر يطير في السماء

إذا كنت مالوري ، فاعلم أنني لم أنساك أبدًا

أنا لم أنساك

لا أستطيع أن أنساك

لا أريد أن أنساك

لا أستطيع أن أنساك

أنت دائما في ذاكرتي

إذا كنت مالوري "مالوري الخاص بي" وإذا نسيتني،
فأنا

لم ألومك

أنا أسامحك

هل أنت هو؟

LA LANGUE ARABE
POUR LES FRANCOPHONES

مرحبا سيد مالوري

أرجوك سامحني على الإزعاج إن كنت قد أزعجتم الأيام القليلة الماضية

لقد فتحت هذا الحساب على الفيسبوك من أجل إيجاد مالوري فينيكس

لذا لا توجد الكثير من المعلومات عني

أنا فتاة من الجزائر

وقد كنت أعمل موظفة استقبال في ذلك الفندق

كنت أتدرب هناك

الناس القريبون مني ينادونني ناسي

Nassi

ولدي ماستر ودكتوراه

آسفة إن كنت قد أزعجتك

لن أزعجك مجددا

إذا كنت أنت هو مالوري يمكنك الاتصال بي

رقم هاتفي والواتساب

00213--------

وشكرا

أتمنى لك كل السعادة إن كنت أنت هو مالوري

وأتمنى لك السعادة إن كنت فقط تحمل نفس الاسم

وأيضا القواسم المشتركة بينكما

وشكرا مرة أخرى

نار الانتظار

انتظرت ناسيران ردا من حبيبها مالوري الذي كان في جزء آخر من العالم.

كان مالوري قد عاش حياة صعبة هو الآخر.

لقد ترك العمل في ذلك البلد بعد أن خانه المترجم، فقد كانت الحقيقة أن مالوري قد كان في تلك الأيام معتكفا على تعلم اللغة العربية من ذلك الكتيب، كما انه هو الآخر كان يرى بأن ذلك الكتيب لا يحمل الكثير من الحوار.

لم يكن مالوري يريد أن يتعلم أيام الأسبوع والألوان

وما إلى ذلك من أمور لا تهمه.

أراد أن يتعلم الحروف والأسماء والأفعال.

أراد أن يتعلم تصريف الأفعال

أراد أن يتعلم كيف له أن يجري حوار

كيف أن يكتب رسالة بدون أخطاء

أراد أن يتعلم كيف يقول لناسيران:

أنا أحبك

لقد كان يجمع الكلمات من الكتيب ويكتب رسالة

كتب على ورقة (رسالة لناسيران لم تصل إليها)

شعر أشقر

عيون عسلية

عيون جميلة

شفاه وردية

بشرة بيضاء

فتاة جميلة

أنا أحبك

عندما أراك أنا سعيد

مالوري

وبعد أن كتب تلك الرسالة شعر وكأن الكلمات التي تهمه بالكتيب قد انتهت.

شعر مالوري بحزن شديد.

في تلك اللحظة بالذات طرق عليه المترجم الباب، وعندما دخل عليه، قال له:

ما الذي تفعله؟

وفيما أنت مشغول؟

كلنا نجلس في المطعم وأنت منذ الصباح معتكف في غرفتك، لم نعد نراك كثيرا.

عندما دخل المترجم على مالوري بالغرفة لاحظ على المنضدة وجود الكتيب وأوراق وأقلام.

لقد سارع مالوري لإخفاء الكتيب وخاصة لإخفاء الأوراق ولكن المترجم كان ذكيا وفطنا لذا فقد لمح اسم ناسيران على إحدى الأوراق ولكن أكثر ما قد ضايقه انه لاحظ أن الكتابة على الأوراق عليها شخبطات وكتابات باللغة العربية وكان أحدا قد كان يتعلم كيف تكتب الحروف العربية وبعض الكلمات.

وأخيرا قد تأكد المترجم من نوايا مالوري تجاه ناسيران، وقال في نفسه:

لقد كنت أعلم ذلك، إنه في الحب معها، قد لاحظت انه يتصرف بغرابة وكذلك هي رغم محاولة تكتمها عن الأمر.

ثم أضاف:

يجب أن أتصرف فورا، قبل أن تقع الفأس في الرأس، يجب أن افرق بينهما، أنا أقف حاجز بينهما ولن يستطيع تجاوزي مهما يحدث.

ربما أحاول مع الفتاة ربما تصبح لي أنا، أنا ابن بلدها وعربي ومسلم لن يرض أحد به مقارنة بي، سوف يظنون بأنها مجنونة إن أصرت هي على ذلك.

قرر المترجم أن يرسم خطة وأن يتصرف سريعا سريعا.

فكر كثيرا وقرر أن يتظاهر بأنه يفهم إعجاب مالوري بفتاة الاستقبال كما كان يسميها.

فكر في انه أن صاحبه ومزح معه بذلك الشأن ربما صارحه بما في قلبه فتمكن من دس كل الأمور التي يريد دسها في خاطر مالوري.

مازحه وسأله وقال له:

آه انظر إلى ذلك، هذا لطيف جدا، أنت تتعلم اللغة العربية.

هل تعلم يجب أن نزوجك فتاة عربية ما رأيك؟

وأتبع كلامه بضحكة

مالوري:

ماذا، ماذا تقصد؟

المترجم:

لا اقصد شيئا سيئا، ولكن قلت لأنك تتعلم العربية سوف أبحث لك عن زوجة، وأنا امزح معك، ولكن ليكن في علمك بأن الفتيات العربيات لا يؤمنن بالحب بل بالخطبة والزواج.

مالوري:

كيف ذلك؟

المترجم:

عندما أعجب بفتاة عليك أن تتقدم لخطبتها.

مالوري:

هكذا ببساطة، على الفور، من دون أن أتعرف عليها
وكيف أعرف أننا سوف نتوافق مع بعضنا.

المترجم:

لا يهم المهم أن تعجب بها، ويمكن أن تتعرف على
بعضكما ولكن فقط قليلا وبشكل سطحي، هناك حدود
للعلاقة لا يمكن إن تعيش معها أو تسكن معها مثلا.

مالوري:

اذن يمكن وجود علاقة، أظن انه من حق الطرفين
التعرف على بعضهما البعض.

المترجم:

هل أقول لك شيئا ولا تغضب؟

مالوري:

نعم طبعا تفضل

المترجم:

أظن أنك معجب بفتاة الاستقبال، ناسيران معك حق إنها فتاة جميلة ويمكن لأي شخص أن يعجب بها.

مالوري:

هل هذا واضح لهذه الدرجة؟

المترجم:

الحب لا يمكن إخفاؤه، ولكن عليك الحذر يا صديقي فول علم أحد بذلك سوف تكون هناك مشاكل كثيرة.

مالوري:

لما، ما الذي يمكن أن يحدث؟

المترجم:

سوف لن يرض أحد بذلك، فأنت أجنبي ومن خارج بلدها وأولاد بلدها أحق بها منك.

مالوري:

ولكن لما كل هذا فمن حق شخصين أن يعجبا ببعضهما فما دخل بقية الناس؟

المترجم:

عليك يا مالوري أن تتذكر بأنك في بلد عربي له عادات وتقاليد مختلفة، يمكنك قول هذا الكلام هناك في بلدك وليس هنا.

مالوري:

هل حقا أنت تعني هذا الكلام الذي تقوله؟

المترجم:

طبعا اعنيه وهذا واقع وليس فقط كلام، اسمع سوف أقول لك شيئا سوف يزعجك ولن يعجبك.

مالوري:

ما هو؟

أظن أن كل كلامك متشابه

المترجم:

سوف أخبرك بمعلومة أظن انك لا تعلمها

مالوري:

وما هي؟

المترجم:

أنت لن تستطيع الزواج بالفتاة في حالة ما اذا فكرت في ذلك

مالوري:

أظن أن هذا الكلام هو سابق لأوانه

المترجم:

ولكن يجب أن تعلم بأن دين الفتاة يحرم عليها الزواج بشخص من غير دينها، اذن فان علاقتكما محرمة في نظر المجتمع.

مالوري:

لا أظن أن الدين يمنع الحب

المترجم:

ولكن ما هي نتيجة الحب، في المجتمعات العربية الحي يعني الزواج.

والزواج من رجل غير مسلم حرام في دين الإسلام

مالوري:

لا يمكن أن أصدق كل ما تقوله

المترجم:

صدقني ما أقوله لك حقيقة وواقع ولكن أنا معك، أنا أقف في صفك وسوف أقول لك ما يجب عليك فعله.

مالوري:

أحقا سوف تساعدني

المترجم:

سوف أقول لك ما يجب فعله

مالوري:

حسنا

المترجم:

دع الأمر لي ولا تتصرف إلا بمشورتي، لا تتصرف أبدا.

لدي خطة سوف إذهب غدا إلى الفتاة واكلمها من أجلك

مالوري:

نعم رجاء أنا لا استطيع أن أقول لها كلما في قلبي لأنها لا تفهم الفرنسية لذا قررت تعلم اللغة العربية من أجلها.

المترجم:

لا عليك، أنا سأكلمها من أجلك، سوف أشرح لها كل شيء وباللغة العربية، لغة هي تفهمها.

مالوري:

انظر لقد كتبت لها رسالة سوف أعطيها لها غدا، هل يمكنك أن تصححها لي.

المترجم:

لا.. لا يمكنك فعل ذلك فلو علم صاحب الفندق سوف ينزعج كثيرا، خبئ الرسالة إلى وقت آخر، سوف أكلمها فقط.

مالوري:

هل يمكنك أن تعطيها رقم هاتف للتواصل معها أريد أن أكلمها وان ألتقي بها خارج الفندق.

المترجم:

تلتقي بها؟ لا تفكر في ذلك حتى أن هذا هو أحد الأمور المحرمة في هذه البلاد.

كتب مالوري رقم هاتفه في بلاده وطلب من المترجم أن يعطيه لناسيران لكي تتواصل معه في حالة ما إذا غادر البلاد كما أنه قال له أريد أن اكلمها فهل تطلب منها رقم هاتف.

أخذ المترجم الورقة الصغيرة وغادر الغرفة وهو محقون جدا لقد كان غيران كثيرا من الحب الذي رآه في عيني مالوري.

الوقوف بين الحبيبين

قضى المترجم ليلته وهو يفكر في حل للقضاء على تلك القصة التي لم تنل إعجابه.

في اليوم الموالي استيقظ باكرا وكان قد وجد حلا لذلك الأمر، فكر في أن يقول لمالوري بأن الفتاة معجبة به هو وأنها قالت له ذلك ثم قال في نفسه بأنه من المستحيل أن يصدق مالوري هذا الكلام الذي يبدو غير حقيقي بمقارنة وجه الفتاة البريء بهذا الكلام السيئ.

وخاصة انه عرف بأنه توجد مشاريع مشتركة بين الطرفين والفتاة كانت تبادل مالوري النظرات فكيف سوف يصدق بأنه معجبة بالمترجم.

فكر في أن يقول له بأنها تغازل الجميع، كل من في الفندق وأنها تحب اللعب واللهو.

فكر في أن يقول له بأنها مرتبطة، تحب شخصا ما، أو أنها مخطوبة مثلا.

فكر في أن يقول له بأنها ردت عليه أي على كلام مالوري وطلبه ورفضت رفضا قاطعا أي علاقة باه لأنه فتاة مسلمة ولا ترض بعلاقة بغير مسلم أي أنها متشددة في الدين، رغم انه من الواضح أنها لم تكن متشددة وقد كانت أيضا غير محجبة.

ثم قال في نفسه بأنه ربما لن يصدقه وسوف يطرح عليها السؤال مباشرة فهو الأجانب هكذا صريحين ويطرحون الأسئلة بكل وضوح.

كان المترجم يريد أن ينهي هذا الموضوع لكي يرتاح لأنه كان يشعر بالغضب والضيق وصعوبة في التنفس.

في صباح اليوم التالي وجد المترجم الخطة المناسبة،
نزل إلى الطابق الأول حيث هو الاستقبال.

وجد مالوري واقفا يتجاذب أطراف الحديث مع
ناسيران، فكان يمشي خطة خطوة ويحاول أن لا
يصدق صوتا لأنه كان يريد أن يرى ويسمع أي شيء.

كان يسترق النظر، ويشتاط غضبا من تبادل العاشقين
للنظرات حيث كان مالوري يقفز سعادة والسعادة تنط
ن عينيه لأنه اعتقد بأنه وأخيرا وجد طريقة للحصول

على الفتاة، فقد أوهمه المترجم بأنه سوف يقدم له يد العون.

وقف المترجم أمام الاستقبال ونادى مالوري وقال له كلمة على جنب، غادر مالوري، ودع ناسيران وقال لها إلى اللقاء وقد كان يبتسم ويعتقد بأنه سوف يوطد علاقته بها بفضل المترجم.

بقي المترجم يشاهد ذلك المشهد المؤثر بينما كانت ناسيران لا تشعر بالراحة كثيرا، كان لديها إحساس بوجود خطب ما فقد لاحظت بأن نظرات المترجم لم تكن تحمل شيئا جميلا.

شعرت بوجود خطب ما وكانت خائفة من النتائج، ولكنها علمت من نظرات المترجم لمالوري وهو يغادر ونظراته لها بأنه سوف يقدم على أمر ما.

وبعد أن غادر مالوري، كان المترجم ينظر باتجاه الباب، وعندما اختفى التفت إليها وقد غير وجهه.

اختلفت نظراته وملامحه وكأنه لبس قناعا، وكأنه قد غير وجهه.

قال لها:

صباح الخير بنت بلادي

صباح الخير والنور والسرور

صباح الورد الفل

ناسيران:

صباح الخير سيدي

المترجم:

كيف أنت اليوم؟

ناسيران:

بخير الحمد لله

المترجم:

أنا لم انم جيدا لقد كنت أفكر فيك طوال الليل

ناسيران:

ولما تفكر في هل قد أخطأت في حقك بأمر؟

المترجم:

لا، أبدا كنت أفكر فيك

ناسيران:

أعطني مفتاح الغرفة إذا كنت مغادرا

المترجم:

نعم لدي عمل وإلا لما كنت أريد أن أبرح مكاني هذا

ولكن إنه العمل أيتها الجميلة

ناسيران:

حسنا لقد سجلت خروجك يمكنك المغادرة الآن

المترجم:

لا أريد

اسمعي هل فكرتي في كلامي يوم أمس

ناسيران:

أي كلام؟

المترجم:

أنت تعلمين الكلام الذي قلته لك يوم أمس عندما شرحت لك كل الأمور المتعلقة بالارتباط عاطفيا أو الزواج من أجنبي واستحالة حصول ذلك.

ناسيران: (لم تكن تحب كلامه في هذا الموضوع فقد علمت بأنه يريد أن يخرج منها كلاما عن مالوري وحقيقة علاقتها ب هاو كلما تشعر به تجاه مالوري)

وما دخلي أنا، أنا لا أفكر في أمور لا تخصني

المترجم:

جيد هكذا أنت أصيلة، يجب أن تنظري إلى ما هو حولك لا شيء غير ذلك.

ناسيران:

أنا لا دخل لي فيما تقوله

المترجم:

اسمعي أنا معجب بك وأريدك أن تصبحي صديقتي الحميمة وربما يتطور الأمر إلى زواج.

أنا ابن بلدك، وأنا أفضل خيار لك من الأجنبي الذي لن يوافقك أحد عليه.

أعطاها المترجم ورقة عليها رقم هاتفه بدل رقم هاتف مالوري (فقد طلب منه مالوري أن يعطيها رقمه في بلاده)

وقال لها:

أنتظر اتصالك لدي كلام كثير أقوله لك ومشاعر كثيرة أبوح لك بها.

اتصلي بي يا حلوتي.

صدمت ناسيران بتصرفات ذلك المترجم الذي أصر على التواصل معها، وأصر على إقناعها بأن تغير رأيها في مالوري.

لقد كان المترجم ومن خلال كل كلماته التي ينطقها يحاول إقناعها بأن مالوري لا يصلح لها.

هددها بأن يبوح بالأمر للناس لصاحب العمل وأهلها لكي يقطع عليها رزقها، ويغلق باب العمل هذا في وجهها، هددها بأن يوصل الأمر إلى أهلها لكي يعلموا بأنه على علاقة بأجنبي فيعاقبوها.

كانت ناسير ان صغيرة السن ومتحررة ولكنها لم تكن تريد أن تفقد حريتها لأنها مازالت لم تبلغ سن الرشد.

ذهبت إلى البيت وهي خائفة من كلام هذا الرجل (المترجم) الذي كان كبير السن ويعرف ما يقوم به.

كان رجلا يفكر بخبث ودهاء ويستطيع أن يوقع الفتاة في فخ بكل سهولة.

عادت إلى البيت وهي مرتعبة من تصرفه المفاجئ هذا، ووعوده لها بأن يدمرها، فكلما كان يعد بفعله كان ليدمر الفتاة الصغيرة التي لم تكن بالغة ولا حتى متحررة من أهلها وليس لديها إلا هذا العمل الذي أراد أن يفصلها منه في حالة ما أصرت على رأييها وحبها.

قضت ليلة من التفكير وهي لا تصدق مدى قوة الناس في الظلم، وكيف يتجرؤون على فعل كلما يريدون، فلا رادع لهم.

وهكذا لم تجد حلا إلا عدم العودة إلى ذلك العمل والبحث عن غيره.

أما بالنسبة للمترجم فقد استغرب غيابها المتكرر، واستمر في السؤال عنها كل يوم حتى علم بأنها استقالت من العمل.

وهكذا علم بأنه قد خسر اللعبة، ولكن عزاءه الوحيد هو أن رأى الحزن في عيني مالوري الذي كان هو الآخر يبحث عنها في الاستقبال كل يوم.

لم يعلم مالوري لما تغيبت الفتاة عن العمل، ولكنه عندما سال المترجم عنها أكثر من مرة، قال له بأنه غيرت عملها، فهذا العمل لم يعد يعجبها.

كان هذا هو رد المترجم الوحيد على سؤال مالوري، ثم طلب منه أن ينسى الأمر وقال له:

لو كانت الفتاة تكن لكم شاعرا لما غيرت العمل عندما صارحتها من أجلك.

أظن أنها لم تكن معجبة بك.

رغم كلام المترجم الجارح هذا لمالوري إلا أن مالوري لم يقتنع، فقد كان يتبع قلبه وشعوره.

مازال مالوري لا يعلم السبب الحقيقي وراء اختفاء حبيبته الجميلة، فأصبح كئيبا جدا، منشغلا بالتفكير طوال الوقت.

وبعد مرور أشهر من تلك الحادثة قرر مالوري العودة إلى بلاده، تاركا قلبه ومشاعره وراءه.

عاد إلى بلاده أراد أن ينسى ولكنه لم يستطع فعل ذلك.

ارتبط بفتيات كثيرات ولكن قلبه كان ينبض فقط لناسيران، كان يراها أمامه ويشعر بوجودها كان يرى وجهها البريء وابتسامتها الجميلة.

لم يتأقلم مع أية فتاة حتى قرر أن يعيش وحيدا وان لا يرتبط مجددا.

مالوري بعد ناسيران

سافرَ مالوري كثيرا وعمل بدول كثيرة، وبعد مرور خمسة عشر سنة عاد ليستقر في بلاده من جديد.

رغم أنه كان يعمل كثيرا وله أصدقاء كثر إلا انه لم يكن سعيدا أبدا.

حاول معه الكثير من أصدقائه لكي يجعلوه يرتبط ولكنه كان يرفض الارتباط رفضا قاطعا.

كما حاولت مع إحدى زوجات أصدقائه لكي تجعله
يدخل علاقة مع أختها ولم تنجح هي الأخرى.

مفاجأة في الانتظار

وفي يوم وقد عاد من سفره إلى منطقة نائية لأجل الحصول على السلام الداخلي وقد كانت المنطقة شبه معزولة وليس بها أية وسائل للتواصل ولا انترنت ولا أي شيء له علاقة بالعولمة.

قضى في ذلك المكان شهرا بالكامل وبعد عودته، دخل إلى بيته وضع أغراضه وأخذ حمامها، ثم وضع هاتفه في الشاحن.

فتح اللاب توب الخاص به، رد على بعض رسائل البريد الالكتروني والتي كانت كثيرة ففترة شهر غياب لم تكن قصيرة.

توجه إلى المطبخ حيث كان قد مر على السوبر ماركت وأحضر معه بعض الأغراض، جهز شطيرة سندوتشا وأحضر عصيرا وعاد إلى الصالة حيث اللاب توب والهاتف.

جلس على الأريكة وشغل التلفاز وأخذ قضمة من الشطيرة السندويتش، ثم انتبه إلى الهاتف ففتحه لأنه أكمل شحنه.

دخل في الهاتف الكثير من الرسائل من مختلف موقع التواصل الاجتماعي، انستقرام، فيسبوك....

كان يأكل ويرد على الرسائل واحدة واحدة، حتى تفاجأ برسالة من مجهول.

رسالة غريبة من فتاة لم تكن صديقة له على الفيسبوك ولكنها أرسلت رسالة.

قرأ الرسالة ولم يصد الكلام الذي جاءت به تلك الرسالة التي كانت كأنها رسالة مسافرة عبر الزمن.

دمعت عيناه واختنق وكأنه سينفجر بالبكاء ولكنه لم يعرف ما يمكن تصديقه أو رفض تصديقه.

كانت الرسالة مليئة بالحب والحنين، رسالة مليئة بالمشاعر.

كانت الرسالة حقيقية جدا.

بسيطة وحقيقية.

استغرب أن ترسل له فتاة عرفها منذ سنوات رسالة بعد كل هذه المدة.

كان يعتقد بأنه هو الوحيد الذي توقف به الزمن في تلك المرحلة من الحياة.

لم يصدق كيف أن تلك الفتاة كانت تحبه حقا.

وكيف لازالت تحبه.

فكر في أمور كثيرة.

فهو لم يعد مالوري نفسه، لقد مر عليه الزمن، وتقدم في السن، لم يعد ذلك الشاب الفخور بشكله وشخصيته القوية.

استغرب من أن الفتاة كانت وفيه له ولازالت تفكر فيه، بل أنها لم تنسه.

فكر في أمور كثيرة قبل أن يتعجل في الرد عليها.

فكر في نفسه ووضعه وكلما إلى ذلك.

فكر في لقاءه لها وهل سيتوافقان بعد كل هذه السنوات، هل سترضى هي به؟

عرف بأن الحب مازال موجود فهل الحظ موجود.

وبعد يومين من التفكير وقد أعطى نفسه فترة للتفكير، رغم أن الرسالة قد دخلت هاتفه يوم ذهابه لتلك الرحلة، أول يوم أي قبل شهر بالكامل.

وبعد طول تفكير قرر أن يستجمع قواه وان يرسل لها.

فكر وهو يكتب رسالة ولم يشأ أن يخيفها أو يضغط
عليها، كان خائفا أن تتبدل نظرتها إليه من مراسلته لها
أو طريقه تعامله معها.

جواب مالوري

كتب لها وأرسل:

عزيزتي ناسيران

أنا مالوري

أنا مالوري نفسه

الذي رأيته قبل 16 سنة

ولكن لقد فرقنا القدر كما جمعنا أول مرة وهاهو يجمعنا مرة أخرى.

عزيزتي لدي أسئلة كثيرة

هل مازلت عزباء؟

أين تعيشين؟

وماذا تعملين؟

أنا أعيش لوحدي وسوف أتقاعد بعد عامين، لم أتزوج، ارتبطت كثيرا ولكني لم أجد الفتاة التي كنت أبحث عنها.

آسف لأنني تأخرت في الرد لقد كنت في رحلة عدت اليوم فقط.

أنا سعيد برسالتك.

في انتظار رسالة منك

مالوري

سعادة لا توصف

تلقت ناسيران جوابا على رسالتها وقفزت من سعادتها فقد تبين بأن ذلك الرجل هو نفسه مالوري ولكنها ليست متأكدة لحد الآن.

ردت على رسالته فورا:

عزيزي مالوري

حمدا لله على سلامتك

أنا سعيدة جدا بعودتك إلى بيتك والي أنا

ها قد اجتمعنا مرة أخرى نعم

لا أنا لم أتزوج

أعيش لوحدي في شقة

لا اعمل تخرجت مؤخرا

هل تذكرت الصور التي أرسلت لك؟

هل تذكر كل شيء؟

ناسيران

وأرسلت الرسالة لكي يرد عليها في رسالة أخرى

عزيزتي ناسيران:

لقد مر وقت طويل أنا أتذكر فقط بعض التفاصيل

أنت لازلت تشبهين نفسك في تلك الأيام، ربما أنا تغيرت ملامحي عليك

سوف أرسل لك صورا قديمة لكي تتذكريني عندما كنت شابا.

نعم تذكرت الفندق والكتيب لازلت احتفظ به.

وأرسل لها صورا كثيرة منها القديمة حين كان شابا وسيما جدا وأرسل لها صورة الكتيب كما انه قد بحث عنه في أغراضه وأخذ صورة مع الكتيب وراسلها لها.

كاد قلبها أن يقفز من مكانه عندما رأت الصورة.

لقد فرحت كثيرا جدا.

وعاد الاتصال

اتصل عليها مالوري ولكنها لازلت لا تجيد الفرنسية مما جعله يضحك ولكن لغتها الانجليزية قد كانت جيدة وكذلك لغته الانجليزية.

كانت ناسير ان تجد الراحلة في كتابة الرسائل أكثر من المكالمات لأن كانت تعبر عن كل ما بداخلها وتستعين بالترجمة من قوقل أحيانا، فأسلت له حتى قالت كلما كان بخاطرها.

شعر مالوري بكثير من الوئام مع ناسيران، طلب منها
أن ترسل له صورة عن جواز سفرها.

اشترى لها تذكرة وطلب منها الطيران إلى بلده.

لقاء الحب

لقد طارت عاليا في السماء ولحقت بحبيبها مالوري بعد 16 سنة.

ولكن الحب كان لا يزال فتيا كما كان قبل كل تلك السنوات الصعبة التي مرت على الاثنين.

استقبل مالوري ناسيران استقبالا حارا وأخذها إلى بيته وأعطاها غرفة وبعد أن استراحت طلب منها الزواج فورا.

تزوج الاثنان وعاشا بسعادة إلى الأبد.

155

Sommaire